風が吹く＊目次

JN096655

表紙……著者の兄、虎沢昭雄四十七歳最後の窯入
美濃土岐津　紅窯陶苑　白磁角筒壷
昭和四十九年三月十二日作成
加藤節江蔵

花の写真……Wikipedia「ヤマブキ」より

造本……島田牙城

風が吹く

加藤節江

目覚めれば朝日まぶしき落葉かな

令和三年

炬燵にて俳句俳句と言はれても

令和四年

大寒や娘に追ひだされデイのバス

また今日も娘におんだされ四月尽

若葉風介護主任の池田さん

紅と白の芍薬土岐の家

よう生きた九十三歳五月晴

幾千と田んぼ飛び交ふ蛍かな

梅雨寒やあきまへんがな俳句など

ピッパーと俳句浮かばぬ梅雨の闇

学友は置屋の娘半夏生

梅雨明や元気百倍目覚めたる

牛をみてアイスクリーム舐めてをり

雲の峰えらいこつちやと俳句練る

窯焼の娘に生まれ美濃の夏

前掛をかけて働く母の夏

「せっちゃん」と友が呼んでる夏の朝

夏の夜映画見にいく土岐津座へ

手拭を被り草刈る母の顔

弟を連れて山道大夕焼

夕焼空陶器の里に煙立つ

エンゴロを抱へて運ぶ兄の汗

エンゴロは美濃系の窯場で用ひられる匣鉢のこと

窯焼の日にはみんなでかき氷

夜の秋餌を待つてる池の鯉

秋初めどつこいしよつと立ち上がる

秋初めまたもリハビリ五連泊

塗り絵する西瓜鬼灯花火かな

友と見る白装束の踊かな

兄が追ふシャーと飛び去る鬼蜻蜓

見あげれば空一面の天の川

ガチャガチャやボケ老人の行き先は

窯で働いてゐた職人さんは　ある日

虎平が自然薯下げて現はるる

仕事終へ窯場の隅のちちろ鳴く

ちちろ鳴く父の形見の黒カバン

秋の山歩いて母と墓参り

兄　虎沢昭雄は

網持つて野うさぎ追へり美濃の秋

秋夕焼男の子ら上る半鐘台

絵付師の見事に描く秋の薔薇

スープ皿ずらりと干され鰯雲

薬飲むひいふうみいよ秋思かな

釉薬を混ぜる母の手秋深し

かすみ網張り巡らして駄知の山

駄知は岐阜県土岐郡にあった町　現土岐市駄知町

かすみ網兄の見張れる夜明け空

山小屋の籠に囮の鶫鳴く

たつぷりと脂ののりし鶫かな

売り先は多治見料亭小鳥くる

ケアマネのあゆみさん来る小鳥くる

職人に母が振舞ふぬくめ酒

亡き弟　虎沢英雄へ

夜咄やおむすびころりんすつとんと

兄妹で囲炉裏にあたる祖母の家

立冬や呆けちやゐられぬ俳句詠む

立冬や苦い苦いと薬飲む

時雨るるや美味い飴だと榮太郎

仕事せぬ父は俳諧美濃は冬

俳諧の父の手土産今川焼

年の暮祖父は女と出奔す

朝からは窯場総出で餅をつく

令和五年

去年今年祖父は飯屋を開きたる

忙しや次々賀客迎へけり

初風呂をまづは父へと沸かしたり

窯場には三河萬歳やつて来る
おめでたや三河萬歳景気付け
萬歳の太夫の唄に鼓の音

美濃の里煙の立たぬ三が日

兄が火をつける竈や七日粥

七草粥すずなすずしろちと硬い

紅色の釉薬を得意とする窯元だつた

七日過ぎ紅《べに》窯《がま》陶《たう》苑《ゑん》初仕事

大寒や兄は窯場の不寝番

寒暁の母はひとりで窯仕事

絵付け師にココアを出して父怒る

寒の目覚めボケ老人にならぬやう

耳持つて野うさぎ下げて兄戻る

まつこと綺麗やなう室の百合十個

風が吹く庭の紅梅満開に

飴舐めて眠くなりたり春炬燵

飾りたるデイの作品紙雛

弟　英雄一周忌

姉ちやんと慕ふ弟春夕焼

春灯や勝手にしやがれ弟よ

遊ばうと隣のみつちやん呼んで春

花見する車いすとは楽チンぞ

花冷や寒い寒いとデイへ行く

水の春兄の友達水車番

赤々と庭に霧島つつじ咲く

春の庭ハチといふ名の秋田犬

秋田犬連れ兄と散歩の月朧

春色の兄は大柄男前

折り紙の苺折りたる今日のデイ

吸入器吸つて吐いてと春惜しむ

芍薬の薄桃色の花盛り

兄の釣りし鰻を池に放ちたり

あつぱれと自分を褒めて五月来る

風が吹く　令和三年から五年　九十一句　畢

母の結婚

柳堀悦子

風が吹いてきた。

私の実母・加藤節江九十四歳が我が家に来て、今年で八年目になる。あっという間の八年であった。父が亡くなってから七年目に自宅の階段から落ち、左足踵を骨折した母との同居が始まった。それまで、私と母はさほど仲の良い親子ではなかった。発明家で事業家の父の家業に振り回されたせいでもあったのだが、仕事の話以外、母と二人で会話をした記憶は乏しい。

そんな母は、二年前の春から俳句を作り始めた。自分のことを人に伝える楽しさを覚え、五七五で語り始めたのだ。少女時代の美濃での生活を俳句にする母は、すこぶる楽しそうな顔をする。

多治見高等実践女学校時代の隣の席だった学友の美しさを、夢物語のように語り出すのも面白い。

笑くぼがあって、髪はちり毛で色白で、とびっきり美しい多治見遊郭置屋のひとり娘。

もうその設定だけで私の想像力は全開し、一気に昭和初期の賑やかで華やかな世界に連れて行かれる。

学友は置屋の娘半夏生　節江

その友達の家、遊びに行ったことあるの？　と母に聞くと、当たり前よ親友だもの。学校の帰りにね。ちょっと寄るのよ。普通の家よ。と笑って答える母。

そんなやりとりをしながら過ごす母との時間が貴重で楽しくてしかたない。

「里」に投句するようになってから、母は日に日に元気になり、表情も明るくなってきた。

時には人生の苦しい体験も一句にする母。

年の暮祖父は女と出奔す　節江

自分の句を読みながらケラケラ笑い、話し出す。

しょうがないジジイなのよ。仕事なんかしないくせに全財産を持って遊郭の女の所へ出ていっちゃったんだから。

その上、その女と近くに料亭作って商売まで始めるのよ。

残された家族は大変よ。大黒柱の父は俳諧三昧で仕事しなくって、窯は傾くし、それを立て直したのが母と兄貴なのよ。

＊

女は強くて働き者が一番。男なんてダメよ。当てにしてはダメ。

それが母の持論である。

そんな母は窯業が大嫌い。戦後二十三歳の時、ラジオで聴いていた神宮球場の六大学野球を生で見てみたいと言う単純な理由で、見合い写真を見ただけで上京し、父と結婚をしたのだ。そう、それも春。母は自分の風を感じて上京したのであろう。「あこがれの東京だから、一人でもへっちゃらで出てきちゃったのよ」と笑っている。

私は何をしていたのであろうか。

好奇心旺盛の母に、今、俳句の風が吹いている。そろそろ私も春の一歩を踏み出そうと思う。風が吹いてきた。

（「里」二千二十三年三月号初出）

あとがき

私の父は、土岐郡土岐津町（現、土岐市土岐津町）の紅窯陶苑という美濃焼の窯元の四代目で、虎沢静雄と言いました。母はすみゑで、兄昭雄、弟英雄との三人兄弟の真ん中の長女として育ちました。

父の静雄は家業の窯焼はせずに、友芳と言う俳号で狂俳「三好俳壇」の捌きをしていました。

「狂俳」とは、江戸時代後期に俳諧をもとにして岐阜で生まれ、美濃地方を中心に普及した、最も短い定型詩です。季語を用いて五・七・五の十七音で詠む俳句とは違い、狂俳は、与えられたお題に対して、五・七または七・五の十二音で面白くユーモアに富んだ句を作ります。

と、大野町立中小学校コミュニティ・スクールだより「人来鳥」にあります。

幼いときから父の捌きの様子や手帳などを見て育ちましたが、狂俳はもとより俳句には全く興味はありませんでした。

九十二歳の時、同居している娘の悦子に勧められて見たNHK俳句の片山由美子先生の俳句講座が好きになり、毎回見るようになりました。

生まれて初めて投句した一句が「NHK俳句」令和四年一月号、片山先生選の佳作に入ったのをきっかけに、俳句が楽しくなって作るようになりました。

いまは「里」の皆さんと一緒に俳句を作るのが生きがいです。

元気百倍、百歳まで頑張りますので、よろしくお願い申し上げます。

令和五年四月二十日

加藤節江

加藤節江　かとう・せつえ

昭和四年五月二十日　岐阜県土岐市土岐津町生まれ
九十四歳　巳年
多治見高等実践女学校卒業
令和三年春から俳句に興味を持ち出し、秋からぽつぽつ作句
令和四年　「里」五月号より同人（里人）
現住所　〒357－0041
埼玉県飯能市美杉台1－21－7　柳堀方

句集　風《かぜ》が吹《ふ》く
著者　加藤節江
発行日　令和五年五月二十日
発行者　黄土眠兎
発行所　明日《あした》の花舎《はなしゃ》
661－0035　兵庫県尼崎市武庫之荘一の十三の二十
電話　〇六－六四二三－七八一九
発売　邑《ゆう》書林《しょりん》
661－0035　兵庫県尼崎市武庫之荘一の十三の二十
電話　〇六－六四二三－七八一九
ファックス　〇六－六四二三－七八一八
郵便振替　〇〇一〇〇－三－五五八三二
Eメール　youhon@fancy.ocn.ne.jp
ネットショップ　http://youshorinshop.com
印刷・製本　複写印刷株式会社
用紙　株式会社三村洋紙店・複写印刷株式会社

ISBN978-4-89709-936-1 C0092 ¥1000E
定価　1,000円（税別）